Collection Niok
dirigée par Jean-Marie Gleize

Jean-Pierre Faye

Guerre trouvée

Éditions Al Dante
collection Niok

en amitié
pour michel et arthur

1.

Souffle souffle affre de vent de mort
haleine empoisonnée du ciel
la matière fétide pourrit
le ver du corps enflamme l'esprit
la matière cesse tout s'arrête

que ces fumées sans bruit ont monté
estompe angoissante effaçant tout
le monde est blanc et comble de flamme
la matière morte étouffe l'âme
dieu le dieu où est la voix-répons
la terre brûle étouffant brasier

les cieux sont striés d'opaque masse
le noir brisé de rouge lueur
des formes lourdes attaquent l'ombre
des monstres sur le monde qui meurt
glissent leur vol inaperçu sombre
le monde explosé affre ou néant

retrouvé – *3 septembre 1939*

2.

il y a bonheur quand je te fore
j'ouvre le temps et perce tes jambes
lèvre. ta nuit la connais et la dore

paire et impaire je te condense
je coule à mort et cela te fait iambe
en ta profonde essaye la danse

naufrage est océan et feu
jambe ouverte épieu du dieu

1993

3.

monsieur de montagne dépêcha bertrand charles
de mattecoulon en poste avec ledit écuyer
pour visiter ledit comte et trouva

que ses plaies n'étaient pas mortelles
monsieur d'estissac se mêla
à la troupe pour faire

même voyage, accompagné d'un
gentilhomme, d'un valet, d'un mulet, et à
pied d'un muletier et deux laquais

ce qui revenait à notre équipage pour faire
à moitié la dépense. Le lundi cinquième
de septembre nous partîmes dudit

après dîner et prîmes tout d'une traite
souper à

4.

personne n'est exempt de dire
le malheur est
de les dire les miennes
m'échappent je parle

au papier comme je parle
au premier ce sont dangereux
exemples rares et maladives

exceptions à nos naturelles
les autres formant je le récite
or les traits de ma peinture se

changent la constance même
n'est qu'un branle
languissant mais est-ce raison

que, si

5.

il est vrai que la beauté
me remplit autant ou plus
que la profondeur   et d'autant

que je sommeille en toute autre
et n'y prête que l'écorce
de mon attention il m'advient

de dire et répondre
des songes   indignes et
ridicules,   ou de me tenir

en silence

6.

nous en partîmes de bon matin, et suivîmes
la marine par un très plaisant chemin
joignant notre dînée nous passâmes

la rivière metro, sur un grand
pont de bois et dînâmes à
fano, joignant la mer

nous y fûmes traités de pain
de vin de poisson, abondance
d'eaux douces

7.

cette ville fameuse sur toutes celles
de belles femmes : nous n'en vîmes
nulles. nous laissâmes sur cette même

voie de la marine, à voir
plus outre, le chemin de
contrebas. nous laissâmes la marine

et prîmes suivant une large
plaine au travers de laquelle passe

on découvre partout, d'une part et
d'autre

8.

à l’entrée des
montagnes, tout sur l’entrée, se trouve
je parlais à plusieurs qui me contèrent

. je me jetais à gauche et passai sur
le fleuve qui se mêle, et fis
le long d’aucunes

. montagnes sauvages, par un chemin
étroit et un peu
malaisé, au bout duquel nous vîmes

. un passage au travers
parce que c’est grande
besogne

9.

En la plupart du monde, cette
partie de notre corps était
déifié : les uns se l'écorchaient

. pour en offrir un lopin, les autres
offraient leur semence. les dames
en portaient au col un

. de bois exquisément formé
chacune selon sa force. à quoi
faire la montre que nous faisons de nos

. pièces en formes, sous nos grègues
est-ce un plus fructueux usage de leur
faire de bonne heure connaître le vif

10.

on les leurre, et acharne, nous échauffons leurs
sans cesse et puis nous crions au ventre
elle qui plus que toi désire se les

. laisser ravir et parfois te les
ravit elle-même, te devançant
vertu diabolique et aux lombes

. dame non tentée ne se pouvait
vanter de chasteté. c'est abjection
de laisser fourrager ces tendres grâces

. à personnes indiscrètes. par ainsi
on charge le dieu d'accointance
et les déesses de justice, du vice

. de méconnaissance.

11.

le visage contre terre et pierre
la bouche écrasée et les mains
et la ville défaite assoiffée

. blessée jusqu'à l'eau dans le bruit
sifflant et assourdissant l'eau précieuse
jusqu'à la mort. chargeant

. sur moi seul le hasard de
l'assignation. sachant notre condition
et la leur. laissons là le sage

. dans les essais que nous faisons les uns
contre les autres, par jalousie d'honneur
et de valeur auxquelles la grandeur

. souveraine n'a aucune vraie
part, de la ville assiégée

12.

il prit envie aux vainqueurs, de voir encore
au prix de quelque déloyauté que ce fut
quel pouvait être le reste, et jouir

. de ce qui était réservé. on apposta
une accusation et preuve que c'était
desseigné de faire soulever les provinces

. sur quoi, par jugement de ceux mêmes.
qui dressaient cette trahison, on condamna
à être publiquement étranglé et faisant

. racheter le tourment d'être brûlé vif
dans le baptême donné au supplice même
accident inouï et horrible, et souffert

. sans se démentir

13.

philosophie n'estrive point contre
pourvu que mesure y soit jointe
et n'en prêche point la fuite

. comme, au service de l'amour, ordonne
de prendre un objet qui émeuve
l'âme, laquelle doit suivre nuement

. et assister le corps. mais ai-je
raison d'estimer que les préceptes
regardent un corps qui fait son office

. afin de le soutenir par art et
entremise de la fantaisie, et faire
venir l'allégresse

13 bis.

par les mystères de madame sainte Vénus
il fut consenti que fut blessée
au combat troyen une si douce

. sainte et si délicate. pour lui donner
courage et hardiesse, vertus
qui ne tombent d'aucune façon

. en ceux qui sont exempts de danger
car qui ne participe au hasard
ne pourra prendre plaisir aux actions

. hasardeuses. tandis que se présentent
des combats avec des corps et des armes
féées. qui plus est, déloyauté s'en est vue

. en crédit, comme aussi toute dissolution
et la cruauté

14.

car nos discours ont grande
participation au hasard. Théon le
philosophe se promenait en songeant

. et sur les tuiles mêmes et faîte de la
maison, par gausserie et à certes par le
vin théologal, et soumis aux lois

. de Vénus et Bacchus dans le déduit
qui demande le sage parfait autant
qu'expert, se mêlant aux danses

. des garçons de sa ville et à la mode
que font les dames qu'on sert par amour,
et se trouvant aux leçons de la philosophie

.
jusques à en avoir armé les dents

15.

mais le prélude afin d'éveiller
le quirquincho, le tatou aux dix huit
raies porteur de lèpre et valide
. chante par la mandura tandis que se trompe
la colombe, après le choclo et la
habanera ou la milonga, ainsi
. que la chacarera au rythme
andalou, mais quechua, ou la cueca
andine, furibonde, et la sikuriada
. au triple rang de flûtes paniques, taillées
dans le bois léger au souffle
partagé, parmi les chanteurs d'altitude
. la blessure basse charango

16.

qui fera perdre à l'amour
la communication et service
de la poésie, l'affaiblit
. de ses armes les meilleures. par ainsi
on charge le Dieu d'accointance
et bienveillance. et je ne suis
. cassé de l'état et suite
de ce Dieu, la mémoire informée
de ses forces et valeurs
. mais qu'a fait l'action
génitale aux hommes, pour
n'en oser parler sans vergogne
. cela, nous n'oserions
qu'entre les dents

17.

la face en sang écrasée sur sol
et pierre sous la frappe et le siège
de la ville coupée d'eau et
. vivre. la rivière souillée de sang
et pourriture. les fontaines vives
écrasées. on voit une pyramide élevée
. qui jetait l'eau de plusieurs manières
différentes : celle-ci monte celle-là
descend. autour sont quatre petits
. lacs beaux purs remplis d'eau. au milieu
de chacun est une gondole de pierre
montée par deux arquebusiers, qui après
. avoir pompé l'eau, la lancent
avec leurs arbalètes, et par une trompette
qui tire aussi de l'eau. on se promène
. autour de ces lacs. jadis. on trouve
des appuis de pierre d'un fort
beau travail

revenant, je rencontrai un prêtre
revêtu embesogné à guérir
un spirito. c'était un homme
. mélancolique et comme transi. on le
tenait à genoux devant l'autel, ayant
au col je ne sais quel
. drap par où on le tenait attaché
en sa présence force oraisons, commandant
au diable de laisser ce corps
. le patient répondait tantôt
pour soi ; tantôt pour le diable
tenant une bougie, la tête
. renversée contrebas, si qu'il la faisait
consumer, au bout des paroles de
menace et rigueur contre
. le diable. d'une voix la plus
magistrale qu'il pouvait, il nous
dit que ce diable était de la pire
. forme. et à dix ou douze fit plusieurs
contes de cette science

18 bis.

la forme de ces montaignes
et des pentes estoit changée par
la hauteur des ruines ; et de vrai
. on marche sur la tête des vieux murs
les maisons mêmes y étaient si peu
sûres, que l'aller de nuit n'était guère
. bien assuré ; et que ses coffres
avaient été visités à l'entrée de la Ville
et fouillés jusqu'aux plus petites pièces
. de ses hardes ; qu'outre cela on lui avait
pris tous ses livres qu'on y avait trouvés
pour les visiter ; et qu'on les pouvait
. bien tenir pour perdus

19.

nous souffrons plus
que des prisonniers, car notre prison
est bombardée. nous ne savons
. pas la durée de la peine
ni le motif de
l'enfermement. ils ont
. parfois le regard un peu fixe
l'inscription porte : pour les bienfaits
en grand nombre reçus de lui
. ce garçon de sept ans reste immobile
alors qu'une balle claque sur
le bitume à quelques mètres de lui
. ils ne se hâtent même
plus en traversant les carrefours
dangereux, signalés par un carton
. pazi sniperja, attention
snip… nous vivons comme
de gibier
. ils nous voient

20.

à la fin de la guerre, c'est à
la fin que les fous de guerre
poseront problème, à l'image
. des soldats perdus. avec les
idéalistes, et les profiteurs, ils
constituent le noyau dur
. de ceux qui refusent. les seuls
à être restés normaux sont les
patients psychiatriques. ils sont
. coupés de la réalité, et leur
comportement ne change
à six cents mètres de la
. ligne dans une zone réputée dangereuse
beaucoup ont peur de venir
jusqu'à l'hôpital. mais pour
. certains, douleur mentale est telle

21.

échanger pour un cheveu des boucles
de Licinnie les riches œuvres de Phrygie
ou les pleines demeures des Arabes
. quand elle penche vers des baisers
sa nuque parfumée ou qu'elle les refuse par
cruauté. elle qui plus que toi les désire et parfois
. les devance et les vole

22.

non sans entendre zinziluler
la mésange. mais la montagne
se haussant toujours en son épaisseur
. vous n'y voyez nul danger
que de broncher. sous vous
de l'herbe et des prés qui servent
. en la saison. la descente, coupée
et droite. mais sans hasard aucun et
sans grand esprit. de la vînmes
. passer le mont du chat, roide
haut et pierreux, et le long
un château bourdeau, où se font
. des épées de grand bruit

23.

ainsi je quitte ce langage, duquel
je me sers, mais assurément, pour être,
n'ayant loisir de faire
. nul apprentissage qui vaille. car dans
la mesure où tu te gères
en deçà des dieux, tu règnes
. je ne vais désirant que le corps
fût sans désir. on fait tort
à ce donneur de refuser
. et de figurer son don. de la
philosophie j'embrasse que le sage
la goûte, la jouissance d'une
. belle comme de chausser pour
une chevauchée. il prise
volupté corporelle, celle de l'esprit ayant
. plus de force, et
variété

24.

pourrons-nous soutenir
l'oubliable. et pourtant, inoubliable
ce mal. devrons-nous
. accepter l'oubliable, là
où la transhumance de mémoire
est montée, par les drailles
. jusqu'aux points de
la montagne se haussant toujours
vous y voyez précipice
. et danger

2.1

une architecture secrète court dans les vignes
suspendues aux arbres toscans. elle riait et
tremblait. le peuple mange du pain de bois
. environ deux lieues avant, nous étions
entrés au langage : cette ville
est mi-partie en deux langues
. les mariages se font, le plus désireux subit
les lois de l'autre. il lui semblait être
comme ceux qui lisent quelque fort plaisant
. conte. boule de feu avec noyau d'ombre
central ! c'est bien pourquoi je tremblais
moi-même à entendre venir
. l'extrême chaleur de fusion dans la
dislocation et terreur de tons
envers tous, et je questionnais l'envers
. de la langue, voyant veines et
douleur

2.2

l'eau des mains d'Admira coule sur le corps
de celui-ci qu'elle aime et défend
mais les dépeceurs ont commencé déjà
. la dislocation des membres du corps de vie
O les jambes et les mains du corps d'amour
et la fracture des chevilles et des poignets
. dans un grenier dans un cellier j'ai
appris l'histoire j'ai rencontré toutes les
femmes des anciens corps. elles avaient les mains
. arrachées par la tempête du temps
l'inflexion et l'infini les chassent par ce monde
jusqu'au port nommé irraison et partagé
. en trois par l'absurde entre frères furieux
je songe à une guerre de force et de
droit délire. aussi droite qu'une phrase de musique
. dans le port de Ne-um. déraison

2.3

guerre trouvée dans le manuscrit de
l'histoire rature le sens, par delà
les aristocraties féeriques, rhénanes, guaranies
. et les splendides fragments dépecés du monde
en proie aux quelques petites lâchetés en retard
et aux déserts qui s'éclairent
. aux révoltes anciennes et aux escaliers démantibulés

2.4

ces jours-là toutes les belles gentifemmes
s'y virent à loisir. car elles se montrent
tout à découvert. quant à la beauté parfaite et rare

. il n'en est, sauf en trois ou quatre
toutefois elles ont des danses entrelacées
assez librement, où il y a occasion

. de toucher à la main. Mais nous errions
nourris du vin des cavernes et du biscuit
de la route. outre les conceptions

. de la barbarie moderne. pour l'étranger
de notre temps la reconnaissance
est impossible. la loi doit être

. tellement étrange

d'idée principale il n'y en a ou du moins
nous n'y en trouvons pas, chez l'immense poète
vivant élève de Méphistophélès et possesseur

. de cette blonde Marguerite. on l'a dit mort
plusieurs fois. nous ignorons ce point de détail
élan infini aux splendeurs

. à vendre les corps. une poétique
de la ligne. tout y est à la fois
tête et queue. quel cycle quel chiffre

. y réfère. change
nos lots

2.6

bombarder, ou non. manque le pain manque
le lait et les matières
premières – mais violence n'est pas
. simplement fait de guerre, mais de
prix, et de faim. dans le hangar
numéro un de la base d'Aviano
. à la scénographie de la guerre rassurante
et de la conclusion efficace, s'oppose
le fait que je doive tenir conte
. du terrain réel. ni mort ni vie
ne sont la directe référence
mais l'enfant de Maida est mort
. noyé simplement d'inattention à la piscine
des cinnaminson, après la fuite hors
de Banja Luka. une partie
. du mont igman est dans la patte
du tigre obèse. les villages écrasés
autour de Gornji Vakuf, eux aussi
. écrasent les vivres

2.7

choses qui détruisent. l'enfant porte au cou
l'amulette du calibre douze et de huit
millimètres. entré entre œil et cervelle
. resté là entre septembre et août. relisant
le corps, œil et cerveau, et ses plages
peintes, l'illumination que tu sais
. ordonnée par le docteur satanique
choses au milieu d'un tas de ferraille
entrées dans la chair humaine
. jusqu'au tissu illuminé de la vue
et la première douleur de la nécrose
– à vendre la mort atroce
. pour les fidèles, au septième étage
de l'hôpital avant de rejoindre
Remja la fiancée par delà

. la boue rouge. ou noire

2.8

où est l'autre
perdu. où est
l'autre disparue. les révoltes
. anciennes grouillent dans le centre
de l'empire, par les chaises
présidentielles un petit monde plat
. et pâle. quoique plein de sang !
on joue aux cartes
au fond du miroir : concave
. on joue au plus creux
du verre déjà fendu
à l'instant emporté
. des exterminations conséquentes
et des désespoirs d'été
nourris de vin d'un côté

. et de l'autre, de l'eau sèche

2.9

mon page fait l'amour et l'entend
par ainsi on charge le dieu
de bienveillance. à la cime

. du mont je reconnus la déesse
mais je levais une à une
les étoffes du change. par le val

. étroit de dobrinja et sous le mont zuc
ou dans le corridor du sang
serré par la pulsation et par

. les barbaries éclatantes

2.10

celui pour qui soleil ne brille
lui n'a plus besoin d'amour
combien pour lui pleure le chagrin
il n'a besoin de le savoir

humains laissez les morts tranquilles
à vous vie appartient
chacun a bien assez à faire
à lever bras et regard

laissez-les les morts sont libres
dans le sable humide
mais vous, sortez d'esclavage
de honte et misère

au combat vaut-il des lauriers
épargnez à mort les présents
mais reprenez l'épée du mort
menez sa lutte jusqu'à sa fin

voulez-vous donc faire quelque bien
pour ceux que rencontre la mort
laissez-les tranquilles, humains
accomplissez plutôt espoir

E.M.
(d'après Erich Mühsam)

2.11

Doya est interdite
à l'époux. devenue divine, elle
est soumise à enfer

. c'est dire qu'elle va être
changée en voile
dévoilée, par souffle

. violence orage et
corps purifié, et sera
mise en écart. tandis

. que des ânes et des buffles
poussées à bout des aiguillons
par des gens de cheval

. à toutes courses
un prix

2.12

des drôles. et plusieurs pressés
de savoir la faculté de faire
en sorte de faire de la guerre
. avec des mots et du fer
quels hommes ! hébétés d'étoiles
et de damiers d'échecs de couleurs
. et de fraternité hostile par dessus
un danube interdit. jamais plus
de guerre proprement parlée, mais plutôt
. suicide à plusieurs décreté, unanime
des uns contre autres, mais autres contre les
uns, de façon enfin à savoir
. comment faire de la guerre avec
rien et toute chose. et de façon à avoir
soif et faim dans la brûlure d'été
. tandis que l'ou le psi ou le bey
s'acharnent à l'arrogance au palais
du verre. dans la cité

2.13

chacun retourne à sa case
départ à midi vendredi, si jamais
la colline au-dessous de Bjelasnica
. n'est pas vidée. paradis de la grimace
enragée, souffle de brèche
operadique, appuyée du pied à la gargouille
. rapatafiolée. corbillards isolés
ou tables de niaiserie âprement négociée
chemins de gravier jusqu'au hangar à camions
. où mirjana poursuit les travaux du deuil et les rites
du charnier. bêtes féroces et armées
bêtes rêvantes et parlées se font face
. les poings aux portevoix, enfoncés au trou
de la chose perdue disparue
quand l'ombre de l'objet retombe

. hors du sujet. digresse. évanouie

2.14

l’ambassadur du Moscovite vit aussi ce jour
à cette station, vêtu d’écarlate
et une soutane de drap d’or. le chapeau
. en forme de bonnet de nuit et dessous
une calotte d’argent. il fit
grande instance de ne baiser
. les pieds du pape, mais seulement la main
vision esclave, à l’acropole officielle
en vue : l’abolition de toute souffrance
. mouvante et le chant des malheurs nouveaux
ou la pêche en eau claire, la pêche
si trouble, aliment d’orgueil bienveillant
. dans l’annonce de la frappe. à midi
si les hauteurs. bombe sur obus, et
bravade. brassant massacres l’un sur

. l’autre. en jouant. la trompe
au sol, soufflant

2.15

logique. ou poétique de
guerre, et vol chirurgical
par dessus le siège de meurtre
. le monde, ennemi, avait brisé
et fracassé toutes les pièces de
ce corps ; et, parce
. qu'encore tout mort, renversé
et défiguré, il lui faisait horreur
il en avait enseveli la ruine
. même. ces petites montres de sa
mine paraissent encore dessus la bière
pour le témoignage de cette grandeur
. que la conjuration du monde réitérée
n'avait pu éteindre. mais ces membres
dévisagés qui en restaient
. c'étaient les moins dignes. et la furie
des ennemis les avait portés à ruine
ce qu'il y avait de plus digne
. ces montres et membres faisaient ressouvenir
des nids que les moineaux vont
suspendant aux voûtes et parois que les

. viennent d'y démolir

2.16

l'alarme rouge devant le péril de
terreur. tandis que le café se réchauffe
avec des bouts de journal brûlés, au centre
. de presse, voix de jeune fille à l'écoute
et nous conte la mort d'un casque à Zupa. hourra
pour le corps merveilleux. ce poison va
.rester dans toutes nos veines. nous si dignes
de cette torture. rassemblons la promesse d'ex-
istence, cette démence ! nous avons foi
. au poison. «les maux de tête sont
très près du crâne», jusqu'au pithécanthrope
qui en glouissait. sur fond
. de bruit de fond capté, par les moyens
de COB. on peut avoir des filles aussi
on en trouve des réelles. on suit la tache
. qui rejoint le «point aveugle grâce
auquel on peut voir», sous la forme
d'un mot. mutique –

2.17

comment faire de la guerre avec
tout. extrait de nos horreurs économiques
ou de l'éveil fraternel. des reines et
. des mignonnes, où les gentilhommes sauvages
chassent sous la lumière. pendant que les fonds publics
s'écoulent sur les illusions anciennes
. et que le tambour décharge tous les sons
de l'intervention pontificale les flammes
montent à Mostar Vitez et l'Igman
. dans l'œil des cecchini l'éclat du fer dans l'œil
d'œil pour œil : tu es les points de mire
et le pointillé sur quoi ça tire et

. déchire

2.18

sans recul par rapport aux grands
changes, nous ne savons quel
donner aux pressions qui nous
. quand les deux cent cinq tunnels d'enfer
nous assaillent y compris la giovinetta
. e siri et cavetto uno et due
par dessus la bassadonna, et l'orco
et la vignetta ou lo tonnello
. dans le tourbillon et le vent d'avenir
des années de guerre de science et d'arme
parmi les fanatiques de la pitié et les grandes
. nations aux résidus ethniques et les
indésirables, les hostiles, il fait beau
voir l'ardeur d'un peuple si infini

. à la religion, ces jours-là

2.19

un quidam étant avec une
courtisane, et couché sur un lit parmi
la liberté de cette pratique-là, voilà

. l'ave maria sonner : tout soudain se jeta
à terre, se mit à genoux. rire des
enfants, austérité des vierges. tourné

. du côté de l'ombre, je vous vois
mes filles mes reines. un livre de Chine
le caractère sauvage, les feuilles de

. certaine matière beaucoup plus tendre et
pellucide. sa nation est si ignorante
des affaires de deçà. les sueurs, les formes

. les chevelures et les yeux, flottant
dans une enfonçure où il faut descendre
quelques degrés. corbillard de mon sommeil

. isolé. et la mort s'approchant à tous les
instants, je ne faisais pas mes efforts, avant
d'en être là. des dunes illustrées

. de chaudes fleurs et de bacchanale ; or le seul
remède, et l'unique science, de se résoudre
à les terminer promptement. dans

. la guerre des puces des astres des soies

2.20

l'avalanche des soleils des soifs des blessures
sur les individus peuples et le sein nation et poussières
ethniques pourrissant dans les ombres sous les
. fourmis frontières les bribes du vent entre les ifs
et l'entre-deux des préceptes frappé de rage totale
afin que fragments et forces se disjoignent
. dans l'écrasante touffeur des brûlots les vacillantes
brindilles de tamaris balayés de souffle j'entends
j'écoute et ne sais que le surplomb de chaleur
. août, grignoté de combat pour je n'sais pas
quoi d'autre à gagner sur désastre et casse
par la fournaise de hautes énergies et de bricolage
. d'histoire feinte inventée par les contes idiots
mangeaillés de rend compte et de description
sans les climatiseurs débranchés et les

. arbres à branches courtes. n'entends guère
l'annonce faite, elle passe

2.21

la crécerelle en vol stationnaire bat
vite des ailes avant de fondre
sa frappe. mais difficile d'acquérir le

. visuel sur l'objet perdu. car j'ai
l'impression qu'il n'y a pas d'anges
toutes lumières éteintes dans le tunnel

. au sol nulle frontière départage les
méchants. là et là, autour de lui
la déesse passe des bras de neige

. mais il voit le langage par les choses
d'aucuns de ces mots nous en apercevons
l'énergie. il y a des nations qui se couvrent

. en mangeant. nous estimons à vice
notre être. car l'être est
en sueur

2.22

otvoreni grad. città aperta. Dobrinja ville ouverte
dans le rêve d'une ombre. où le Splendide Hôtel s'est bâti
sur le chaos de la nuit. cerné par l'Orient et la rage
. olympique. isthmiques. néméennes sous l'orage
des lions fourbus aux moustaches et aux poils
retombés, pitoyables frères dans l'étuve
. et l'incendie des légendes. les laboratoires demandent
comment faire de la guerre avec tout ou rien
si tout demande au rien l'approvision
. qui l'expose. puisque le vice-commandant
Jovan approche le pessimisme du vice-président
Ejup. mais ils se jouent de l'interféromètre

. et dix minutes avant la foudre
furent sauvés vingt milliards d'étoiles

2.23

la sueur rénale s'attaque à la douleur
et monte à l'esprit. o la violence des
grenades et la déchirure qui s'empare
. tandis et pour vu que l'alcool
des nuages le cyanure et le sel
se heurtent comme peut s'écouter
. l'in.conscience du cœur en aboi
mais je songe au sujet des coupures
des courants où scintille la cité

. partiale

2.24

le bruit fossile écrase tout au fond
le creuset de la chair violente. respirent
les filaments matériels du son sourd
. je lui disais donc de venir
clore les branches sur la mer, elle venait
en effet mettre le visage de fatigue
. qu'elle lavait d'écume, sur ma jambe
près de la blessure au ventre. sous le dais
des acides d'univers

3.1

les sommeils tombent aussi avec les mondes
sur la frontière qui fuit à la vitesse carrée
des voisinages, je donne la règle à tous

. les irréguliers de guerre. et aux
paxosceptiques. aux sages. aux voleurs de
cartes. aux tourneurs des tables

. mouvantes qui nous disent. à ceux-ci
et à ceux   les là-bas qui n'entendent
plus la tornade à force de faire

. mieux que le bruit, plus que le
chiffre. moins que
le vent

3.2

l'agencement risqué du monde
est sans théâtre. car la scène
englobée repose sur la transparence

. des liquides. mais elle étend la mer
en horizon jusqu'à l'écartement
de rade, forçant à

. s'entrouvrir encore d'espace
on y va par un chemin beau droit égal
garni d'arbres d'un bout jusqu'à l'autre

. il se réfugia sous un chêne où il
devint miraculeusement invisible. ainsi
délivré d'un péril. les chacals

. piaulant par les déserts d'amour
change nos lots – chantent ces
anges de fange

3.3

la guerre c’est le corps mais mis à
l’envers comme cœur foie poumon
muscle ou cervelle rein tripe entraille

. l’écorché entier se mettant nu
exhibant au fer les organes cachés
et les livrant en otages au conte

. de l’histoire ce comptable urgent
de la blessure

3.4

le butin de la flamme infernale nous fait
mal à la main et aux racines des doigts sans
permettre   d'atteindre et de toucher

. aux origines, avant de tout
abandonner, dans l'enclave. là où
poésie est laide comme la

. réalité. est leurre, pour le bec
voleur. viande saignante au bout du cuir
barbare, fouettant l'air

. rhénanes japonaises guaranies
pour ne pas prononcer le nom de
Lioube pourtant là où je m'en vais

. à l'entendre au travers du long fleuve

3.5

car je vois soleils et astres mais ignore
le profond des viscères. c'est où s'explore
le fer féroce   qui a nom histoire

. le tissu précaire troué par
les mécaniques de guerre. c'est comme
descendre les grandes gabarres du fleuve

. et faire la buée du monde
tout à la guerre à la morsure à la tourne
de la terreur vengeances de la frontière

. enfoncées au ventre

3.6

il y a des orgues soulevées en marbre
ouvré et labouré de plusieurs excellentes
statues, qui chantent. ce ne sont pas

. lits tels que les nôtres, mais de duvet
fort délicat enfermé dans de la futaine
bien blanche. aux bons logis. elle avait

. une jupe de coton à carreau
blanc et brun portée au siècle dernier
et ce vent du Sud excitait toutes les vilaines

. odeurs des jardins, l'habitation bénie
par les ombrages. mes désespoirs d'été
je suis un éphémère citoyen des colonnes

. sur la mer et des collines toscanes
le palagio aux étangs de boue verte
m'obombre sous le lecho par dessus

. les vignes les murs envahis les chaleurs
et le port d'irraison. brisée. sur la mer

3.7

Neum ou l'irraison n'est pas un port en eaux profondes
mais il y aura combat pour elle à la profondeur
du sang. eaux et tristesses, montez et relevez

. les déluges. écume, roule. éclairs et tonnerres
la plus noble chose et magnifique ce fut
l'incroyable nombre du peuple. tous meurtris

. et cruellement blessés, et se tourmentent
et battent incessamment. un fort jeune
et qui avait le visage agréable. une femme

. une jeune femme plaignait de le voir ainsi
blessé. une inanition une faim, le moment
où se jette au-dehors. et nous sommes

. sans recours dans la plongée hors
soi. le cœur barré d'un
X fragile cruel ou tendre à la

. fois

3.8

Car le sang fait frontière dans deux mondes
incommuniqués. car il dit le terrain entre les
massifs d'organes. royaumes cœur foie poumon
. républiques de viscères vésicales prince gaster
gorge et verge, langue et bronches
géographie apprise et qui pourtant de toute part
. assiège l'envie d'en rire à pleine cervelle
mais aussi le sang écrit le terrain entre les
masses d'histoire. la montagne de bataille
. représaille il conte victoire par les
morts et blessures au cœur du corps
dessine la carte du sol par le dessin ou
. fer intrus dans les tripes muscles
viandes d'organes brûlées en sacrifice
aux honorables sires de guerre
. bans voïvodes émirs ethniques jouent
leur carte par l'entraille des autres
corps déchiquetés sont jetés sur la partition
. de chants ou gloires

3.9

sang n'est que flux de sels eau et caillot
les artères le portent aux millions de néphrons
il est filtré jusqu'aux tubules et à la rétine

. osmose tu es reine sur la terre et dans
l'eau de mer l'eau douce le désert
sang n'est pas l'esprit ni la lignée

. il est conducteur jusqu'au filtre du monde
et porte la fragilité du pensif et du vivant
sang sang tu bats aux oreilles pour faire entendre

. le cœur et la course la fièvre la montée
du chemin la douleur des filtres du corps
les cailloux calculs et pierres quand je bus

. de la fontaine ordinaire neuf verres contenant
chacun une livre moins une once je buvais
dans la jeune oise. la reine la sorcière

. ne voudra jamais nous raconter ce qu'elle sait
et que j'ignore. j'ignore le sang le corps le filtre
je connais la douleur du fond du corps

. et j'ignore plus que l'âme, le corps. l'océan
porté dans le fond de soi et versé par la guerre
trouvée   jetée   perdue

3.10

mais la pensée du sang n'est pas du sang
la pensée des reins n'est pas un rein
mais la pensée des hanches n'est pas la hanche

. de celle dont la main épouse la forme
de celle-ci qui est. de celle
dont la courbe creuse la paume

. celle dont je pense. et dont j'ouvre
corps pensif la nuit, mais quand
la pensée de la guerre n'est pas la guerre

. mais destruction de la guerre
partout entrée dans les corps des femmes enfants
armés ou sans arme hommes et bêtes

. déchiquetant le tissu aux bras et aux
jambes entr'ouvrant vie et
mort que sais-je quoi d'autre

. comment le faire à qui
n'est pas. et dort dans l'étoffe

3.11

double, ce que je dirai : il faut que je continue
moi-même. aussitôt après que l'idée
se fut rassise dans les sainfoins

. à travers la toile. tantôt l'Un
croît pour seul être, tantôt se sépare
et devient pluriel, par des femmes

. aux membres d'ombre. moi aussi
j'ai plongé ma tête en les ténèbres
car toute découverte qui change

. la nature est un fait surréel
dans le velours rouge de ton ventre
dans son noir j'ai pénétré

. double ce que je vais dire

3.12

nous allons nous associer
à l'enjouement du monde
mais je morsure l'indifférente

. effraction de la pierre du fer de l'heure
bon matin je rebus de cette eau
la douceur et la faiblesse de cette eau s'argumente

. encore de ce qu'elle se tourne en aliment
avec le goût du mauvais rêve et des
tragédies de demi dieux spirituels

. et de chansons bonnes filles. maîtres
jongleurs ils t;ransforment le lieu
mais ma raison n'est pas à fléchir

. ce sont mes genoux. le sang chante
larmes et filets rouges ruissellent
la douleur me serre au corps et vient faire

. de l'âme avec la chair du corps

0.1

au dessous de zéro avance
le pillage de Vares autour
des captifs de la carrière des pierres
. tandis que circule le cercueil
sarajevien. Sarajevsli tabut
mais le tabou du cercueil est levé
. et soulevé le couvercle de mort
est rabattu sur les mains bougées
et les jambes qui se sont levées

. tout le corps est ici vivant

0.2

bien après les jours et les êtres
la strophe fait avancer ce qui suit
à une distance immense au-dessus de

. mon repaire souterrain. je te dis
donne. donne-moi l'épaule
donne le ventre donne la hanche

. donne la toison donne les jambes
devant une neige un être de
don. donne-moi tes hanches

. je dirai viens que tu me donnes
ce qui s'écarte par les genoux et la
main pleine des fleurs des rythmes des

. chemins coulant à travers corps
et des plus belles lenteurs avançant par les veines
mais artères veines sont désespérées traversées

0.3

celle qui ne veut pas venir
est pourtant là-bas
agrafée à la pente dans les arbres

. et la griffe mort agrippe autour
la grappe la ligne l'aiguille
tuerie dans la trêve

0.4

veuves de défenseurs, les femmes
sont laissées au changeur de mort
entassées à l'épave. en mêlée

. jetées dans la poussière de guerre
mais désir flambe escorté de noir
dans les yeux brefs, et les fourrés

. d'ombre. sans regard et sans
dieux ni charbon, où chauffage
est froid. dans l'attaque furtive

. violentées et vidées du filet, elles sont
les montres brisées renfermées dans une horloge
rebelle et même pas encore évadées

. détruites avant d'être vues

0.0.1

Je dirai donc la guerre que mènent
entre eux Michel et Arthur, les
voyageurs qui atteignent Toscane,
l'un,   et Hadramaout, l'autre.
Dans l'intervalle trouvée   la guerre.

Mais une solution doit être
trouvée avant la fin de guerre,
les ministres se proposent de
réunir belligérants et conflit.
Sommes préoccupés par l'absence
d'avancée.

0.0.2

Je vous raconte comment je fus entraîné dans le val d'Arno et nous vîmes passer dans le ciel les robes de laine frangées par la turbo vitesse, tirées vers la ligne d'orient, jetées aux batailles humanitaires. Le souffle ouvrait ce commerce de peaux et de chair, par dessus l'Adriatique et l'Ogadine, guerre de la logique imprévue. Car celui qui vole n'entre pas dans les maisons ouvertes. Nous avions rompu toutes les portes et fait venir l'impulsion plus vivante. A mon sens j'ai frôlé la mort par les pierres, dans l'été, rien de grave, c'était au débouché des deux cent cinq tunnels. Les morts : trop émotifs sans doute. Leur prouesse a été : se laisser vaincre.

0.0.3

guerre guerre je te vois guère. les enfants de la rue ont trente ans et ceux-là prennent le moins de risques, ils sont sans biographie et au bord du crime, un truc d'extermination qui est l'équivalent d'une guerre, où mort est sans sens, on faisait ça mais sans la connotation, car c'est une autre sorte de mort. Mais on ne peut rien objecter si quelqu'un met en pratique répulsion de jeu et destruction, quand l'objet l'exige et où la limite le permet. limite frontière je ne vois où tu erres.

Nous savons que guerre s'avère l'accoucheuse du nécessaire. Mais à partir du dé et du jet, je traverse cette mer où je me fais océan. pulsation je me fais mort, mais je m'en tire je m'en éraille voix membre, et l'œil

0.0.4

O je traverse le champ où je vois maintenant Mirela l'enfant pour qui silence aide guérison, mais au même instant Melisa en qui la douleur remonte, mais qui ouvre un club de langue au quartier ali pacha, mais aussi Leïla qui est trop sage, mais Mirela qui ne dit plus mot mais a peur des grenades, mais en même temps Dzana qui recherche comment se soignent les enfants, mais aussi Jasmina réfugiée de Stolac et qui entend sa fille pleurer entendant les mortiers exploser. mais si l'un de nous deux meurt je m'échapperai. j'irai plutôt vers le destin d'impulsions, secrets pour chaque vice. mais Admira et Bosko ont été couchés sur le pont par le feu et ensevelis sous des herbes. La guerre : attention de ne pas te rompre

0.0.5

mais dormir est la navigation, bien que l'on ne puisse dormir dans ce froid et je vais venir vers le point où l'impossible s'élargit et où toutes branches s'allument par les bêtes qui animent la cruauté. mais chaos de sang ne vient à nos rencontres que pour mentir faire crier le déni. mais il avance plus vite et plus fort que voyage de pensée. battre l'eau ne peut suffire. mais blocs de glace l'un contre l'autre nous cassent le corps

0.0.6

Je rencontre en plongée Michel Eyquem Lopez Pereire et Jean Nicolas Arthur, casqués et munis de toutes les figures, en quelque soir que se trouve le touriste naïf, je suis venu jusqu'ici bien à mon aise. Mais les exécutions mêmes de la justice, je ne les puis voir d'une vue ferme. A quoi me fut répondu que le moment des exterminations conséquentes il sera donné à l'être sérieux de le surveiller. Ce que nous vîmes en chemin, observant qu'ils ont tiré les deux petites filles devant le regard du chef pour voir ce qu'on allait faire, et vérifier si l'on en viendrait à neutraliser les psychopathes. Ainsi de la petite sœur converse de Spalato, sous la coupole du tepidarium changé en nef du défi. Ainsi encore les âmes ne cessaient de changer de place d'un corps à l'autre. Puis un ballet de mers et de nuits. Les Agrigentins avaient en usage commun d'enterrer sérieusement les bêtes. Mais qui nous permettra d'accoster au promontoire dans l'aube de glace, alors que Neum n'est pas un port, mais un village de pêcheurs sans eaux profondes, nouvelle juste transmise par irraison et bobards. Cependant je demanderai à bénéficier de droits francs dans le port fluvial, afin que ce soit sur la côte, et qu'il y ait possibilité de ce dire :

une fois je t'ai vue, comme si tu avais le regard vers le mien.

0.0.7

Pour Aïda et Maïda, pour Almin et Adnan se conjurèrent les ombres introuvables et les guerres crevées, la minute de parole se payait sept marques, dans la trêve, tandis que là-bas eux appellent mais ne peuvent répondre, et meurent sans en parler. ne savent pourquoi ils la font ni par qui. la barque de deuils coulant d'une anse à une autre et d'un bord contre l'autre sous la ruine atroce. le peyotl rend toqué. comment peut-il nous changer ? enseignant la manière de vivre, il aide. vous ne connaissez pas la joie qui naît du plaisir de faire. est-ce moi qui parle, notre vie est là-bas,
mais quand

multitude de nouvelles histoires devait tourner
entre les meules. mais soudain s'ouvrit la terre, et un très profond abîme dont feu flamme fumée sont venus sourdre, issus de ce gouffre. la femme tenait entre ses mains un enfanchon et de son haleine lui réchauffait les mains, invectivant la chose publique et les princes, qui ne finissent de forger la grande discorde : par grande guerre ouverte, mais chacun de vous portera son panier. quand raison dort, justice mal gardée, accordez-vous, rois et ducs, accordez, et regardez votre peuple en pitié

les égyptiens enterraient les loups et portaient leur deuil, après qu'on se fut apprivoisé aux meurtres des animaux, on vint aux hommes. viande saignante sur les brasiers, aux rafales de givre. entrechoc des glaces sur les chairs nous sommes revenus épauler les enfants de la zone sinistrée. Armen et Vahan soutenaient leur sœur, elle avait reçu un éclat au front. à l'hôpital Marach tu demanderas le docteur Vaspourakan. on a chanté la pierre le raisin la jeune fille, fils du fils Horṃiantz de Van, j'ai grandi à Chouchi, ma route finit dans ce carnage. j'ai rompu la règle d'or de l'human. j'ai comparé. ce matin on sciait les arbres à Leninakan, qui m'ont vu grandir. phrase brève mais liée à d'autres elle appartient à une rumeur plus grande qui monte et envahit toute la langue et lui fait dire ce qui allait sans le dire, dans la langue même du plus banal mais du plus fatal, épopal.

la surprise dans le change de prise

0.0.9

avec Jean-Nicolas avec Michel Eyquem avec Hermine et d'autres nous sommes partis trouver une guerre, pain et pomme disposés sur une assiette, elle-même en brèche. enveloppée dans le papier journal qui enveloppait la bouteille. et glissée dans la poche pour marcher avec. mitrailleuses pendues au dossier, veste tendue à la jeune femme frissonnante, et entrechoquant les verres en saluant : guenats ! que la paix commence ! à cette jeune femme qui partage notre nuit. et les neiges du volcan allumées de pente en pente dans la splendeur d'aube. la cité ouverte mais rompue. paix courage, verres levés et fracassés

0.0.0.1

trente soldats et civils auraient trouvé
la mort à Busovaca au sud de Vit
par offensive d'artillerie et d'infanterie des troupes

. bosni ? des tirs autour de Grbavica
ont fait dix huit blessures. cinq cent
milliards de din valent aujourd'hui

. trois francs au bout de cinq jours. faute
de savoir serrer les zéros qui déjà
se chevauchent et courent sur l'encre

. et le papier, on vient d'introduire
le point pour éviter d'avoir à
conter le change, mais voici

. qu'il a frappé avec violence
et qu'il a poussé la porte
entré

0.0.0.2

quelle mort. quelle guerre serait donc
la meilleure. la moins préméditée, la plus courte
les combats Olovo et Tuzla font des centaines

. car mort est l'action remarquable
de la vie. rien ne bouge encore au front
ce sont des villes ! ceux qui haïssent et détruisent

. les villes, dans la gnose noire, travaillent
le descriptible, ces régions d'où viennent
mes cauchemars, sommeils sombres

. la danse des nuits criblées, le froid
très sauvage, représailles de bois et de fer
ou de cristal vibrant et de barbarie

. qui égorge par le verre et le couteau
occident des forêts

0.0.0.3

au côté de l'impulsion jaillit
l'opposé. ce gant des doigts retournés
qui marque démoniaque, au cou

. étranglé par l'instant désastre
dans l'extase, ou syncope. trou
infini. criant l'appel à mourir

. en soif et froid, qui soutient
la tête hors chute. cognée au roc
cassée contre le coup

. tout au bord

X.1

ne supporte jamais la guerre que j'aimais plus qu'un jeu dans mon enfance, la songeant et l'appelant entre deux guerres, de rêve en rêve, d'épidémie en exode, course effrenée, fuite aux envahisseurs jamais vus, présents, habités par la forêt, porteurs de branchages hérissés de pointes, je marchais au milieu des vomissures et des herbes mauvaises, égrenées en chapelets, végétaux, immunisé vulnérable, frappé de blessure et allongé dans un lit mouvant ou même volant dont je détenais le secret. là où je perçois les vols perpétuels sur le ciel châtré, et le vouloir entrevenir alors qu'il s'agissais d'appel à être au même bord, à survenir à la fête, ou à faire même amour,

mâle avec femme

perçant la couche verte nous glissons
à la limite où ça tire
et nous rebroussons la vitesse. hors de vue
. hors mort, pour l'avoir frôlée
à la frontière. et vite dans l'entre-
deux-feux, vous
. qui avez faux à la main
car on jouit non de la douleur même
mais de l'excitation sa compagne
. mais faut-il que je me compassionne
tendrement du désastre de guerre
ou est-ce jouir de douleur et mort
. comme but originel. mais j'interprète
mort par la vie. la soirée frissonnante
trouve un promontoire d'Arabie. ou le monde
. devra comprendre les mesures que nous devrons prendre
pour défendre nos rages nationnelles
par des drôles plombés, incendiés, solides

. raillerie et terreur

X.3

ainsi conçu le voyage dure sans trêve
ni cesse, notre guerre a beau changer
de formes. car où religion sert le prétexte,
le tout est infiable. nous voyagerons
avec ceux-là entre cauchemar
et songe, l'illusion tissant nos réels.
avançant sur verglas, cristaux
et fracas de fer, horrifiant les
carnassiers mêmes, outrepassant
la fable, dans une froideur qui
d'être libidinienne a fait peur plus
encore. viol de glace, propension
meurtrière aux origines. corps
contre corps. femme contre
fer

X.4

pornogramme et vacarme. ce qui grince
et venge l'indéterminable, trop tôt et
trop tard. universel de mort, et maldonne

. ou oracle de poussée inconciliable
et du véhicule de discorde.

X.5

oui, pornogramme, ou vacarme. ce qui
grince, et venge l'indéterminable
cet universel de mort vient, comme
le sexe et contre lui, trop tard ou
trop tôt. tard parce que je
voudrais que joie de plaisir fut plus tôt mise nue,
toute découverte dans le soleil,
sur l'herbe. trop tôt comme
le plaisir sans joie ou la ville
sans eau et sans lumière, où blessures
brûlent comme des livres. oui, c'est dire
non aux maldonnes de guerre, aux
ordures nationnelles aux paters de
nation, veuve au cou égorgé. j'ai
rêvé enfant aux fuites ou
exodes chevauchés par cauchemars
d'invasion et que dire de ceux qui
s'envahissent par eux-mêmes, leurs voisins,
oncles, amis, maîtres du palier d'en
dessous, et qui militent dans le corps
des étalons aux sabots, sanglants, greffiers
du pire.

X.6

J'entendrai Minka me dire : autrefois
nous menions la dolce. Cela allait
trop bien, notre vie c'était Rome,
Paris, restaurants. nous allions la
nuit sur des pistes illuminées, des journées
aux terrasses, aux cafés, on fêtait les
fêtes musulmanes, noël, nouvel an
orthodoxe, nous allions à toutes
fêtes la culture c'était oublier
l'origine ethnique. grand-père croate,
un autre, musulman, grand-mère serbe,
une autre, macédonienne. la moyenne
des obus, c'est mille, mille cinq cents, ici.
devenir folle, peur de Minka.
tu restes chez toi, tu coupes
la lumière, le chauffage, l'eau courante.
nous ne nous rendons plus
compte. quel est notre état. nous
restons éveillés la nuit. surveiller.
la dérivation de gaz bricolée.
nous essayons de montrer que
nous sommes normaux. même si
nous sommes là. nous survivons.
même nous vivons.

X.7

nous allons venir à l'impulsion de l'étrange
et au pouvoir d'horreur. ou encore
à cela qui est chose familière
. en épouvante. nous manque la langue
pour dire ce multiple du contredire
aux personnes et aux choses singulières
. le doute sur inanité et sur folie
ainsi nous partons quérir la poupée de sable
éboulée dans la ville et à
. son cœur. semblable à l'insomnie d'enfant
et au cri qui jette braise
et cendre aux yeux. ainsi tourne
. la roue de feu dans la ville, où Clara
monte à la plus haute tour de fer
ct dc vcrrc, cn éclats sous les tirs
. de Trebvic en hauteurs des forêts
projetant vingt sept blessés et six morts
dans une journée calme

X.0

or,
le double a produit le sinistre. mais à quoi
répond l'origine, dans le miroir ? car
répétition du même visage conjure
. la destruction mortelle, mais appelle
le messager de l'étrange. ainsi
se décline l'illimité, dans la puissance
. toute du penser. en obscurité
la maison est envahie de guerre
en chaque bruit du bois et des murs
. et l'ancienne maison du corps déjà
nous accueille, génitale familière
et pourtant six morts, vingt sept blessures

. dans le jour plutôt calme

X.0.1

Trebevic et Vraca les lieux d'impulsion
du jet de mort. de part et d'autre
du cimetière juif sont morts

. et meurtres

un cercle encercle le cercle. et celui-
là est pilonné par l'autre. celui-ci
est l'auteur du raid, et celui-là
. assiège et bombarde. obus contre
bombe. chacun contre-partie de
l'autre et cible qui à son tour vient
. cibler. Vitez Mostar Gorazde
mais voici Ljeposava qui savait
où trouver la lettre venue
. de Grabica : dieu merci tu es
en vie, au moment de mourir
portant en poche lettre de vie
. étendue morte aux yeux
inattentifs de qui passent

X.0.3

sur fond sonore du dévasté, marche
Hanifa Osmanagic, avançant dans le surréel
parmi les fracas de verre brisé et ordures
. sous les tirs. devant les débris de l'Apolo Kino
devenu Partizan. puis lieu vide. absent
miracle du désastre dans le peut-être
. où des mots nombreux s'inventent, bénéfice
de guerre. matinée remplace soirée pour cause
d'obus et de froid, dans l'indestructible

. après la fin du monde. ici
il commence

X.O.4

guère ne m'agrée guerre. quand ils
veulent la frappe, et demandent
guerre s'augmente de guerre
. car guerre demande guerre
et s'accroît de qui la désastre
se fait multiple de soi

. ce qui l'écrase la confirme
elle vit par mort de soi

X.0.5

Yenta parle persan arabe grec et les langues
des francs, espagnols et slaves, elle voyage
d'ouest en est et d'est en ouest, par mer
. et par terre. portant la nourriture
d'esprit et de corps, montrant les robes
reçues des empereurs et princes. mais que nul
. ne la serve, qu'il soit interdit de boire
et goûter à sa boisson. et que soit
arraché le mal à sa racine en elle
. elle eut à cette époque dégoût
de la vie à l'angle de la terre
et cela n'a d'exemple au monde

. ni sa racine en nature

X.0.6

les pelouses transformées en cimetières
potagers. noms et prénoms, années, morts
naissances et soleils. çà et là. et secret
. du mal. pétrifié. lignes de guerre
très voisines. amis. d'hier transformés
en assassins méthodiques. dans l'insoutenable
. épouvante. acier piqué de lunes et
faciès plombés. monstrueuse guerre se ronge
par son venin, mais se démembre
. de rage. mais Héliogabale desseignait
bien de se faire mourir
délicatement.   jeté aux égouts

X.0.8

il n'est de journée plus dangereuse
qu'une journée calme. quand l'hiver
cède au printemps précoce, en plein
. midi. sur le sol cimenté du marché encore
jamais blessé. l'intense flânerie
changée en murs aspergés de sang
. et débris de corps, jambes et bras
coupés, chair éparpillée en lambeaux
et cris, brancards, bras et jambes dans des sacs
. sur le marché Markale. tirs venus
de Mrkovici ? monceaux de corps
à la morgue. corps restés anonymes
. sur le marché encore jamais déchiré
depuis la guerre trouvée dangereuse
journée calme. au soleil

X.0.9

Au dire de Vuk le loup :
un paysan s'approprie le champ
du voisin. là ensevelit
. son enfant, lui enseigne la réponse
à la question qui sera posée
juges se rendent au terrain
. petite terre noire, dis qui est maître
toi, toi mon maître, répond la voix d'enfant
jaillie de terre. tranchent les juges
. attribuent le champ au paysan
la houe à la main il vient piocher la terre
pour déterrer l'enfant. d'enfant il n'est point
. l'enfant répond à l'appel mais fuit plus profond
survint ainsi en terre la première taupe
– ainsi là-bas, détruits les enfants de tous

X.0.10

la méharée traverse la passe de désert
au point de Maghria et vers la gravure
d'Aat Ouazik aux têtes spatiales
. marquées sur pierre. et vers l'erg
de la grande dune. et j'avancerai
avec elle jusqu'au sommeil et
. l'accablement de savoir
où entendre la pulsation
du sang   jeter la mort

le corps absolu. la dimension simplement lumineuse
va se faire fumée. tandis que Dorje Drolö
aux yeux exorbités debout sur la tigresse gravide

. arme d'une dague de diamant le brasier
de sagesse. tandis que Kunleg le drupka
s'illumine de poèmes paillards, et

. mystiquement grivois sont ses chants
prolongés de pouvoirs. avant que brûle
revêtu de soie et joyaux

. le corps de jouissance, orné
de l'aiguière, du poisson, et nœud sans fin
sous la conque et bannière de victoire

. ainsi que route de flamme, l'éléphant. la reine

X.0.12

Admira, Admira la blonde dans la guerre
entre fous et monstres. ainsi le dit
Zijah le père. tandis que Radmila la mère
. de Bosko le brun dépose la laine rouge
et grise sur le cercueil de bois d'Admira
jamais ne va séparer l'un de l'autre
. fille et garçon. femme et homme. amante
et amant. fût-ce en absence
de requête conjointe pour quérir
. les corps emmêlés sur le pont Vrbana
le bras gauche d'Admira autour de
lui. premier touché

X.0.13

“dans le noir sur la place sans surface
j’allais de nouveau cette nuit
– je vis dans la nuit et quête dans les poubelles

. toutes les couleurs. contenues dans le noir”
c’était quand le temps geignait
étendait ses ailes de perroquet

. la femme que j’aime murant ses yeux de
diamant noir
dans son désespoir assise avec moi

. les oiseaux avalent le son
et nous entendons tomber la mutique
pulsation la plus vivace

. sur la ville marquée de noir
dans la neige

Y.1

prose, prose, je t'aime guère. tu ne sais entendre la coupure : la coupe réel qui vient et brise. tu enchaînes vite sans laisser. tu n'as pas le temps d'entendre. tu n'écoutes pas la rupture. je ne sais pourtant que maintenant tu as recouvré toutes tes sensations. décidée à te jeter dans la course à corps perdre et tu as repris les bases des dernières saisons. avec Carole, Deborah, Katja, Pernilla, Hilde, Isolde tu es aidée à préparer ces jeux, là surtout. là ou tu voulais préparer certains points, et aujourd'hui tu vises l'or. tu voudras l'or du temps. il y aura plus de tour et de délicatesse dans ta prise l'horreur. prose la droite tu dois cesser d'encercler. tu vas t'engager à biaiser. chercher le biais qui rend possible. c'est toi qui vas compter, car c'est toi qui contes, au plus vite. jetant çà et là couteaux et flèches de temps. prose, prose, je te raconte. mais tu n'entends pas la coupure

Y.2

on est entré dans les eaux
non délimitées. on pénètre dans
les eaux bifurquées. on les habille
. et elles déchirent leurs vêtements
mais ils se tuent dès le soleil
levé. guerre où l'on se nourrit
. de pain et de thé. abandonna
ses morts pour ne pas affaiblir
son armée. corps sans bouche et sans pieds
. têtes trépanées, jambes
déchirées. hôpitaux de repli
en bottes de paille. se tuent

. dès le soleil

Y.3

le suspens de l'arme terrible comme l'archet
au-dessus de la corde
(mortier au sol. bombe au ciel
parenthèse qui ne sait
. fermer

Y.00

les cartes de situation sont déployées, mais
le sang s'y répand et recouvre tôt
le papier l'écran le verre et la face
. des tables de conte. et pourtant
pour Sabiha tout, vaut mieux
que les bombes, à quelques centaines
. de mètres de la ligne. là même
où cela

brûle

Y.000

occultée la guerre. ce qui a tué
la semaine passe. survenu le soleil
le long de la Jala. les filles portent

. leurs jupes comme autant de promesse
pièces détachées semences matériel
les filles les femmes les soleils

. s'éclairent le long de la Jala
et femmes mêmes sont soleils
par leurre de guerre

Z.1

Dervisa traverse le pont de l'unité
à Grbanica. tient son enfant sur
le ventre. elle a ses papiers à la main

. qui délivrent le temps jusqu'à quatorze heures
elle va voulant revenir
elle ne rentre pas à l'heure qui était dite

. tient à la main son casier vierge
elle est attendue à l'extrêmité du pont

Z.2

O l’horreur commence. à nouveau elle
est venue. plus de victimes que tout
ce que nous avons connu, dit Sylvana
. des fuites d’ammoniaque dans l’air
et les blessés descendus cette nuit
aux sous-sols surchargés de morts
. sur la rive droite du fleuve
de séparation entre empires
au levant et couchant du soleil
. dans la fureur folle des frères aînés et cadets
tandis qu’ils opèrent les blessures
sous des sacs de sable, eux-mêmes les jambes
. blessées d’éclats. blessés peut-être
transférés cette nuit sur la rive gauche
proie au chaos. la villc
. en train de mourir
tractations avec les forces

les fous de guerre

Z.3

en chaos, mort et ruines
morts seuls ont la chance

Z.0

les casques courent portant un petit corps

Mediha touchée à la tête. au centre de
la ville. mère raconte à voix lasse
. *cadavre* partout dans les maisons les rues l'espace
crient les blessures : putain de vos mères
les gens peuvent marcher dans les rues
. tragédies sans images. arrachant corps et mots
des autres. ils sortent la nuit
pour ramasser les morts

nous sortions tard dans la nuit
chercher de l'eau. pour boire
à l'une des trois sources

. il fallait attendre
Sabaheta touchée à la poitrine
par éclat

Z.000

mais la destruction de l'eau rend invivable
la ville

mais Mirsad fuit la ville pour joindre
Gorana, lui né à Ilidza mais montagnard
il est marqué par l'origine. sans papiers
. ni salaire. ni même le droit de boire
aux terrasses d'un café. il emporte
linge et diplôme. traverse l'usine
. délabrée, évitant les barrages
du mont Igman, et bivouaque
au pied des silos à ciment
. escalade la forêt pour rejoindre
la piste, somnolant dans une cave
d'arbustes et branchages. et rappelle
. qu'à la guerre on n'espère de personne
mais il envisage de décider de faire
sa vie pour Gorana, mais il pense
. qu'aujourd'hui le calme déprime

mais qui je regarde m'imprime
estampe et tuerie. calme
. furie

ils formaient une colonne
de milliers. perdant beaucoup
de femmes d'hommes d'enfants
. à travers la forêt. à la fin
nuit seulement. mangeaient fruits et feuilles
sur les arbres. personnes
. devenant folles. faisant exploser
sur soi une grenade
certains se faisant passer pour
. nôtres et guidaient vers
les champs de mines. après
cinq nuits nous sommes
. arrivés à la ligne. mais
il y avait encore la
dernière ligne. nous avons
. enfoncé. mais l'arrière
restait derrière les lignes

. à couvert de forêt. mais
. à vue de guerre

Anabase de mort

une boue souffle

malade de la destruction générale
quiconque voyage par lui-même est en danger
à moins d'être porté par le voyage nocturne
. puis nous croisâmes une route, au pied
de Trebevic, nos pas hésitant, craignant
quelque change, une soudaine pluie lourde
. car il n'est pas bon d'être
usager de solitude. pluie rouge versait
sur la ville. confusion et peur grandissent
. en herbes mauvaises, encombrant l'archipel
haché de frontière. coupé de soi
et d'autre. et je tentais de prendre
. le souffle, à Sippar. de l'écrire sur
la boue bilingue, la razzia de part et
d'autre. le joint des fleuves
. tirant inscription limon et courant
et colonne   mouvante

. sur l'aride, l'arête

Z.X.01

Zejnaba a l'horreur en mémoire
au présent. enfermée dans
un mouchoir à Srebrenica
. après nuit et terreur dans
l'usine, elle monte dans l'autobus
ceux qui font barrage ont fait
. sortir une fille, la plus belle
qui revient chancelante et demande
et veut boire. à Tuzla la ville
. est déserte. vitrines pleines de robes
elle Zejneba va prendre un café
sur la place aux soixante dix morts

j'aurais aimé que le premier
qui est entré ici se soit
cassé la jambe. je suis ravie
. d'être ici grâce à celui
qui nous a permis d'être
mais qu'est-ce que tu fais ici
. mais tu es vivant ? toi qui as
la lumière sur toi, lève-toi
bonjour les voisins, me connaissez-vous
. je suis. c'est l'occasion pour qui
ne me connaissait pas, de faire
ma connaissance. remettez-nous
. tous vos sacs votre argent vos montres
quiconque regardera sur la
gauche ne reviendra pas
. vivant dans l'entrepôt
j'ai regardé de biais, il y avait
un homme qui disait : allez, viens
. il a frappé celui qui s'avançait
ils ont continué à agir
de la sorte, nous avons dit
. pourquoi tu nous tues. je le vois
arriver du côté gauche, il leur
racontait quelque chose. mais je n'ai
. pu entendre ce qu'il. on arrivait
à Drinjaka. et puis on a
traversé Zvornik. arrivés à
. Karakaj près de l'usine à
transformation. il a enchaîné, disant
les uns seront transportés à Kladusa
. les autres, tués. le mot nous est

arrivé disant que l'on était
en train de bander les yeux. tu sors
. tu bois de l'eau on te bande
les yeux. il a menacé si l'on
se mettait à parler. c'est ainsi
. que je suis tombé à plat
ventre, puis rafales ont cessé
il est resté sur place jusqu'à
. tous ceux qui sont restés sur
les lieux. la voiture rouge les
accompagnait. c'est sous la
. lumière des projecteurs que je me suis
échappé de dessous les. et je me
suis trouvé derrière un buisson, à l'abri
. là j'ai trouvé un lieu sombre
je les ai comptés pour m'assurer
qu'il n'y avait plus personne sur place
. je me suis levé
j'ai crié est-ce que quelqu'un
est encore. vivant

Table des matières :

Achevé d'imprimer en octobre mil neuf cent quatre-vingt dix-sept,

Guerre trouvée
de
Jean-Pierre Faye

composé en Times,
a été tiré à sept cents exemplaires
sur les presses de Petrilli
Via Sottoconvento, 28
18039 Ventimiglia
pour le compte des éditions Al Dante

Publié avec l'aide du Centre National du Livre

Dépôt légal 4ème trimestre 1997

Al Dante/ Laurent Cauwet : 10 rue Thiers – 13001 Marseille
✆ 04 91 92 52 14

n° ISBN : 2–911073–11–8
n° ISSN : 1275–4056